Vente du Lundi 15 Février 1909

COLLECTION DE M. M***

HOTEL DROUOT   SALLE N° 10

N° [illegible] du Catalogue.

ESTAMPES DU XVIIIe SIECLE

M. ANDRÉ DESVOUGES
20, Rue de la Grange-Batelière

M. LOYS DELTEIL
2, Rue des Beaux-Arts

N° [illegible] du Catalogue

CATALOGUE

DES

ESTAMPES

DU

XVIIIe SIÈCLE

COMPOSANT LA VENTE DE M. M***

Dont la vente aura lieu

à Paris, HOTEL DROUOT, Salle N° 10

Le Lundi 15 Février 1909

à 2 heures précises

Par le Ministère de Me ANDRÉ DESVOUGES,

COMMISSAIRE-PRISEUR

26, *Rue de la Grange-Batelière*

Assisté de M. LOYS DELTEIL, Artiste-Graveur, Expert

2, *Rue des Beaux-Arts*

CONDITIONS DE LA VENTE

Elle sera faite au comptant.

Les adjudicataires paieront *dix pour cent* en sus des enchères.

M. Loys Delteil remplira les commissions que voudront bien lui confier les amateurs ne pouvant y assister.

MM. les amateurs pourront visiter la collection, 2, *rue des Beaux-Arts*, du Mercredi 10 Février, au Samedi 13, inclus, de 2 heures à 5 heures.

Le Peintre-Graveur Illustré

(XIXe & XXe SIÈCLES)

par LOYS DELTEIL

OUVRAGE HONORÉ D'UNE SOUSCRIPTION DU MINISTÈRE DE L'INSTRUCTION PUBLIQUE ET DES BEAUX-ARTS

TOME Ier. — MILLET, ROUSSEAU, DUPRÉ, JONGKIND,
Épuisé.

TOME II — CH. MERYON. . . . . . **25** fr. et **20** fr.

TOME III — INGRES — EUG. DELACROIX

45 Exemplaires de luxe (*presque épuisés*). . . . . **50** francs
300 — . . . . **25** —
100 — (sans l'eau-forte de Delacroix). . . . . . **20** —

POUR PARAITRE LE 18 FÉVRIER 1909 :

TOME IV consacré à ANDERS ZORN

et contenant la biographie du Maître,
le Catalogue raisonné de son œuvre gravé, et le fac-similé
de TOUTES les pièces décrites.

1 volume in-4°, d'environ 260 pages, contenant environ 230 fac-similé et une eau-forte originale d'ANDERS ZORN, le PORTRAIT DU SÉNATEUR AMÉRICAIN MASON, l'un des chefs-d'œuvre du Maître.

50 Exemplaires de luxe, avec l'eau-forte originale, *avant la lettre*, sur japon. . . . . **souscrits**

350 Exemplaires avec l'eau-forte originale, sur papier vergé, avec la lettre. . . . . **35** francs

150 Exemplaires sans l'eau-forte . . . . **25** —

A l'apparition de l'ouvrage, le prix en sera porté, pour les exemplaires ordinaires à **40** fr. et à **30** fr.

BULLETIN DE SOUSCRIPTION

(A renvoyer à M. LOYS DELTEIL, 2, rue des Beaux-Arts)

Je, soussigné, déclare souscrire à .... exemplaire du Tome IVe du PEINTRE-GRAVEUR ILLUSTRÉ, au prix .... francs l'exemplaire.

Signature et Adresse :

DESIGNATION

ALIX (P. M.)

1. Rousseau (J. J.), d'ap. Garnerey. Deux belles épreuves, *imp. en couleurs*, d'états différents.

2. Voltaire, d'apr. Garnerey. Belle épreuve, *imp. en couleurs.*

3. L'Accordée de village — Le Paralytique servi par ses Enfants. Deux pièces, d'après Greuze, se faisant pendants. Très belles épreuves, *imp. en couleurs* (la marge coupée au-dessus des titres).

4. Le Paralytique servi par ses Enfants, d'apr. Greuze. Très belle épreuve, *imp. en couleurs* (petite cassure).

BARNEY et WESTALL (d'après)

5. L'Oiseleur, par G. Lazaretti — Le Cerf volant achevé, par Belvedère. Deux pièces.

BARTOLOZZI (F.)

6. Beckford (William), d'apr. A. Carlini, 1772. Très belle épreuve (doublée).

7. Cipriani (G. B.), 1783 — *Olivia et Sophia with Fortune-teller* (Bartolozzi correctd.) — Jeune Femme agenouillée, d'apr. A. Kauffman (sans marges). Trois pièces. Belles épreuves.

8. L'Innocence se réfugiant dans les bras de la Justice, d'apr. Mme Vigée-Lebrun, 1783. Très belle épreuve, *avant la lettre, tirée en sanguine.*

BAUDOUIN (d'après P. A.)

9. Le Chemin de la Fortune, par Voyez l'aîné (14). Epreuve *coloriée* et *gouachée* (sans marges sur 3 côtés).

10. Le Rendez-vous, par L. M. Bonnet (41). Très belle épreuve, *imp. à l'imitation du pastel* (doublée).

BOILLY (d'après L.)

11. L'Amant favorisé, par Chaponnier. Belle épreuve.

12. Le Bouquet chéri, par A. Chaponnier. Très belle épreuve à toutes marges (petite épidermure).

13. La même estampe. Belle épreuve, *coloriée*.

14. Ça ira, par Mathias. Belle épreuve, *avant toute lettre* (doublée).

15. La Crainte mal fondée, par Mixelle. Belle épreuve, *coloriée*.

16. Défends-moi — La Leçon d'union conjugale. Deux pièces par Petit, se faisant pendants. Bonnes épreuves.

17. *Hony soit qui Mal y pense*, par Bonnefoy. Très belle épreuve.

18. Nous étions deux, nous voilà trois, par G. Vidal. Bonne épreuve, *imp. en couleurs* (lég. rognée et remmargée).

19. L'Optique, par Cazenave. Très belle épreuve, *imp. en couleurs* et *rehaussée*.

20. Poussez Ferme — Ah! Ah! qu'il est Sot. Deux pièces, par Petit, se faisant pendants, une manquant de conservation.

21. Prends ce Biscuit, par G. Vidal. Bonne épreuve, *coloriée*.

22. La même estampe. Belle épreuve, *coloriée*.

23. *Que ni est-il encore*, par Petit. Belle épreuve.

24. Marche Incroyable — Que ni est-il encore. Deux pièces, par Bonnefoy et Petit. Epreuves manquant de conservation.

BOILLY (Alph.)

25. Fanchon la Vielleuse, d'apr. Vernet. Belle épreuve, *coloriée*.

BONNET (L. M.)

26. Flore et Zéphyr — Vertumne et Pomone. Deux pièces, d'après Coypel, se faisant pendants. Très belles épreuves, *imp. en couleurs* (rognées à l'ovale et doublées).

27. *A Nymph A Sleep*, d'après P. Bettellini. Très belle épreuve, *imp. en couleurs*.

28. Satyre contemplant une Nymphe endormie. Belle épreuve, *imp. en couleurs* (remmargée).

29. Buste de jeune Fille, d'après Huquier. Belle épreuve, *coloriée*.

30. Pastorale, d'apr. Boucher — Etude de l'Architecture, d'apr. Le Clerc. Deux pièces. Belles épreuves, *imp. en sanguine* (la 1re doublée).

31. 2e Cahier de Paysages, 4 pl. (355-358). Très belles épreuves en cahier, tirées en 2 tons.

BOUNIEU (M. H.)

32. La Naissance d'Henri IV. Belle épreuve, *avant toute lettre*.

BROOKSHAW (R.)

33. Le Chien chérie (*sic*) — L'Heureux lapin. Deux pièces, d'apr. Read et la Rosalba, se faisant pendants. Epreuves *tirées en sanguine*.

BUNBURY (d'après H. W.)

34. Le Chasseur, par L. Chapman. Très belle épreuve, *avant la lettre.*

35. Les Oyes de Frère-Philippe, par Th. Watson, 1782. Belle épreuve, *imp. en couleurs.*

BUNBURY et KAUFFMAN (d'après)

36. Histoire de Charlotte et de Werther. Suite de quatre pièces, de forme ronde, *imp. en couleurs* et *coloriées.* Encadrées.

CARDON (A.) — RUOTTE (L. C.)

37. La Diseuse de bonne aventure — La Tireuse de cartes. Deux pièces, d'après Masquérier et Simon, se faisant pendants.

CARESME (d'après Ph.)

38. L'Aveugle détrompé, par Wossenick. Belle épreuve, *imp. en couleurs* (sans marges).

39. La Douce Illusion — La Jeune Veuve. Deux pièces par Bonnet, de forme ovale, se faisant pendants. Belles épreuves, *imp. à l'imitation du pastel.*

CARICATURES

40. Départ des Remplacés — Arrivée des Remplaçans. Deux pièces se faisant pendants. Très belles épreuves, *coloriées.*

41. *A Tour to foreign Parts*, par J. Bretherton, d'apr. H. Bunbury — *Conversazione*, par Dickinson, d'apr. Bunbury — *Cestina Warehouse.* Trois pièces. Belles épreuves (*une coloriée*).

42. Le Bon Genre, n° 93 — Caricature de Carnaval — La Bonne année... (chez Genty) — Le Bain des Grâces et des Maigres. Quatre pièces. Belles épreuves, *coloriées.*

43. L'Amour français et l'Amour anglais — Les Anglais au Salon de 1814 — Bête de somme le matin — La Vénus antique à sa toilette — La Gavotte. Cinq pièces. Belles épreuves, *coloriées.*

44. *Grande colère de John Bull...* — Théâtre bourgeois... — Luxe et Indigence — Le Médecin aux urines — Le Philosophe Libertas — Il m'en manque. Six pièces, *coloriées.*

45. *Wet under Foot — Sketches by H. Bunbury — Nap in Town...*, par Rowlandson, 1785 — *Hans Immerdurst — Frau Caffee-Liesel — Bei Mannern...* Six pièces. Belles épreuves, *coloriées.*

46. Conte à rire — Les Anglais à l'Estaminet — La Paix ramène l'Abondance — Les Nouvellistes, n° 1 — Il Regalo — A visit to the Camp. Six pièces, *coloriées.* Belles épreuves.

47. *Their New Majesties — The jolly waterman — The man wot — A Calm — Dreadful... — A las ther... — The Guard... — A view of the R... Bomb.* Huit pièces. Belles épreuves, *coloriées.*

48. *Preparations for the Wedding Night! — A Long Story*, d'apr. Bunbury — *Strephen et Chloe* — Ennui, 1829. Quatre pièces.

49. Les Portes, 20 pièces à *volets*, par Bouchot, Forest, Numa, etc. Très belles épreuves, *coloriées.*

CARRÉE

50. Vue perspective de la Fontaine des Innocents. Très belle épreuve, *imp. en couleurs.*

COLINET

51. Caroline (Mme de Boufflers) — Cécilia. Deux pièces se faisant pendants. Bonnes épreuves, *imp. en couleurs.*

COMMARIEUX

52. Le même sujet, autre planche. Très belle épreuve, gravée au trait, *avant toute lettre.*

COIFFURES & COSTUMES

53. *The French Lady in London.* Belle épreuve, *coloriée* (doublée).

54. *Costumes de la Cour Impériale de France,* (*Napoléon Ier*), suite de 18 planches, publiées à Leipzig. Très belles épreuves, *coloriées*, dans leur triple couverture de publ.

DEBUCOURT (P. L.)

55. Ils sont heureux (M. F. 59). Belle épreuve.

56. Berline arrêtée par l'orage (224). Belle épreuve, *imp. en couleurs* et *coloriée.*

57. La Mde de Poissons (petites cassures) — Le Md de Peaux de Lapin (380-381). Deux pièces.

58. Route de St Cloud, d'apr. C. Vernet (405). Epreuve coloriée (cassures) — Scène de voleurs. Deux pièces.

59. Intérieur d'une cuisine, d'apr. Drolling (496). 2 épreuves, une *imp. en plusieurs tons.*

60. Une Soirée chez Mme Geoffrin, d'apr. Lemonnier (502). Belle épreuve.

DEMARTEAU (G.)

61. La Femme aux papillons, d'apr. J. B. Huet. Belle épreuve, *imp. en couleurs* (petite épidermure).

62. Les Blanchisseuses, d'apr. F. Boucher. Belle épreuve, *imp. en sanguine* (petite cassure).

63. La Paysanne et les deux Enfants, d'apr. F. Boucher (55). Très belle épreuve, *tirée en sanguine.*

N° 125 du Catalogue.

64. Pastorales, d'apr. Boucher (61-62). Deux pièces se faisant pendants. Epreuves *tirées en sanguine* (manquent un peu de conservation, rognées aux filets).

65. Bacchanales, d'apr. Pierre. In-fol. de forme ronde (440). Belle épreuve, *imp. en sanguine.*

66. Femme assise sur un lit (45) — Sujets d'Enfants, pl. double (311). Deux pièces, *imp. en sanguine.* Belles épreuves (la 1re rognée).

67. Marines, d'apr. J. Houël, 5 pl. et frontispice du 2e cahier. Très belles épreuves, *imp. en sanguine.* — Corps de garde, d'apr. Parrocel (147). Ensemble sept pièces.

DIVERS

68. Les Apprêts d'une course, par Darcis, d'apr. C. Vernet — Marche de Cavaliers, la nuit, *avant la lettre* — Vues de Versailles, Paris, Choisy. Ensemble cinq pièces (*3 coloriées*).

DROUAIS (d'après)

69. Le Comte d'Artois et Mlle Clotilde, par Beauvarlet. Bonne épreuve.

DUTHÉ

70. Le Départ pour le Marché — Le Retour de la Laitière. Deux pièces d'apr. Chasselat et Blaisot, se faisant pendants. Belles épreuves, *imp. en couleurs.*

ECOLES FRANÇAISE ET ANGLAISE (XVIIIe siècle)

71. L'Amour volage. Ovale in-fol. Belle épreuve, *avant toute lettre imp. en couleurs* (petite restauration).

72. Les Expériences de Physique. Deux pièces en manière-noire, se faisant pendants. Très belles épreuves (sans marges).

73. Sujets gracieux. Deux pièces, de forme ovale, se faisant pendants. Belles épreuves, *tirées en 2 tons* (remmargées).

74. Femme veillant son enfant — Jeune Femme au repos dans la campagne. Deux pièces de forme ovale (sans marges).

75. Portrait de Femme (avec un mouton), par Faber? d'apr. Lely — Hodgson (J.). Deux pièces. Bonnes épreuves.

76. Portrait de Femme, *avant la lettre* — La Naissance, *avant la lettre* — L'Amant favorisé, par Chaponnier, d'apr. Boilly (manque de conservation). Trois pièces.

77. La Toilette de Vénus, par Cl. Duflos, d'apr. Boucher — *Calisto in her Retiremont*, par Earlom — *Lady Elizabeth Grey imploring of Edward IV*, par Ryland, d'apr. A. Kauffmann. Trois pièces, une *imp. en sanguine*.

78. La Mère qui intercède, par Duflos, d'apr. Schenau — L'Amour, d'apr. Coypel — *Astrea instruding Arthegal*, par Green, d'apr. M. Cosway — *like Patience*... par les mêmes. Quatre pièces. Belles épreuves.

79. La Main chaude, par Laindor, d'apr. Hamilton — Les Noces de Clorus et Rosette, par Tanjé, d'apr. Troost — L'Heure du Matin, par Aveline, d'apr. Mondon fils — La Promenade du Matin, par Morrel, d'apr. Demarne. Quatre pièces, une *imp. en couleurs*.

80. Les Marchands d'Hannetons — Têtes d'enfants — Pastorale — Sujet de soldats. Quatre pièces, d'apr. Boucher, Schenau, Vanloo, Clermont, par

Demarteau, Varin et Dazaincourt. Belles épreuves, *tirées en sanguine.*

81. Le Jeu de Pied-de-bœuf — Le Colin-Maillard — La Rose prise — *Spring*, par Dawe, d'apr. Rosalba — La Taverne des brigands, par le Cte de Paroy. Cinq pièces, la dernière *imp. en couleurs*, manque de conservation.

82. Les Primevers — Les Aveugles (copie)—Ma Chemise brûle — La Vestale — Le Bonjour. Cinq pièces d'apr. Hamilton, Debucourt, Fragonard, Challe (manquent de conservation).

83. Les Joueurs, par Le Noir, d'apr. Peeters — Troupeau, par Bonnet, d'après Huet — Les Occupations de l'Hiver, par Jazet — (La Fiancée ?), par S. Petit — L'Epouse indiscrète, d'apr. Baudouin (reproduction). Cinq pièces (manquent de conservation).

84. La Pudeur allarmée — La Pudeur en défaut — Amour et Psyché — La Vielleuse — Education de l'Amour — (Retour du Marché ?) Six pièces, d'apr. Lambert, Lagrenée, Le Clerc, Cipriani, etc. (3 *imp. en couleurs* ou *rehaussées*).

85. A Quelque chose malheur est bon — L'Insomnie amoureuse — Scènes d'Enfants — La Basse-cour — Sujet gracieux. Six pièces, d'apr. Parelle, Dubois Ste-Marie, B. West, par Basset, G. Scorodomow, J.-B. Lucien. *imp. en sanguine.*

86. Le Retour du Laboureur — Le Temps perdu — Le Concert amoureux — La Visite du Pasteur — La Douleur — Pastorale. Six pièces, d'apr. Benezech, Wille, Westall, etc. (plusieurs manquent de conservation).

87. Le Maître galant — L'Exemple des Mères — Le Midi — Les deux amies — Bacchantes. Six pièces, d'apr. Lancret, Jeanrat, Dumesnil et C^sse^ Spencer (plusieurs manquent de conservation).

88. J'y Passerai — Le Retour de vendange — La Privation sensible — Les Soins Maternels — Le Panier mystérieux — *Conclusion or the Last...* — Amour et baigneuse. Sept pièces, d'apr. Borel, Boucher, Greuze, etc. (plusieurs manquent de conservation).

89. Le Séjour à Cithère — Expectation — Les Enfants d'Illustre naissance — Le Lever et le Couché de la Mariée — *Hare Sheoting* — Il est sauvé. Sept pièces d'apr. Drouais, Morland, Esbrard, etc. (plusieurs manqnent de conservation).

GÉRARD (d'après Mlle M.)

90. Dors mon Enfant, par H. Gérard. Belle épreuve.

91. *C'est pour Lui que je les rassemble*, par Vidal. Bonne épreuve.

92. *Je les relis avec Plaisir*, par Vidal. Belle épreuve.

93. La Leçon, par H. Gérard. Belle épreuve (piquée).

94. Le Message, par H. Gérard, épr. *avant la lettre.*

95. Les premières Carresses du Jour, par H. Gérard. Belle épreuve.

96. L'Espoir du Retour. par H. Gérard — Le Triomphe de Minctte, par le même. Deux pièces (petites cassures).

GREEN (V.)

97. Le Nid — Les petits Chiens. Deux pièces grand in-fol., d'apr. J.-G. Huck, 1787, se faisant pendants. Belles épreuves.

98. Le Récit? Grand in-fol. Très belle épreuve (sans marges).

GREUZE (d'après J.-B.)

99. L'Accordée de village — Le Paralytique servi par ses enfants. Deux pièces, par P. M. Alix, se fai-

sant pendants. Bonnes épreuves, *imp. en couleurs.*

100. Jeune Fille pleurant son oiseau mort. Belle épreuve, *imp. en couleurs* (rognée à l'ovale).

HAMILTON (d'apr. **W.**)

101. Jeu de la Savatte, par Laindor. Belle épreuve.

HOGARTH (d'après **W.**)

102. Scènes de Mœurs, 2 pl. à la manière-noire, se faisant pendants. Belles épreuves (doublées).

HOPPNER (d'après)

103. Sophie Western, par J. Bonnefoy. Bonne épreuve, tirée en 2 tons.

HUCK (**J. G.**)

104. *Die heilige Katharina*, d'apr. Le Guerchin, 1797. Très belle épreuve.

HUET (d'après **J. B.**)

105. *The Balance — The Sump.* Deux pièces par Bonnet, se faisant pendants. Epreuves *imp. en couleurs.* (Encadrées).

106. Les Laveuses — Les Fermières. Deux pièces. Belles épreuves.

107. Le Retour du Marché, par Auvray. Belle épreuve, *imp. en 2 tons* (sans marges et doublée).

HUET ET CARESME (d'après)

108. Le Marchand d'orviétan de campagne, par Bonnet — Les Bacchantes surprises, par R. Girard. Deux pièces. Belles épreuves, la 1re tirée en 2 tons, sans marges.

HUNT (G.)

109. *A Merry Christmas... — A New Hat — A Sooker — A New years Gift — The Same — A Shilling fare... — The Prices...* Sept pièces. Belles épreuves, *coloriées.*

INCROYABLES

110. Chacun son tour — Les Marionnettes, par Guyard — La Rencontre des Incroyables, par Ruotte. Trois pièces. Belles épreuves, une *coloriée* (une autre rognée dans le haut).

ISABEY (d'après J. B.)

111. Parme (le P^ce de) (Le Roi de Rome), par Ch. Lefevre. Belle épreuve.

112. Potocki (Les Enfants), par Copia. Belle épreuve, *imp. en couleurs,* avec quelques rehauts (sans marges).

ISABEY ET DEVOSGE (d'après)

113. Le Chat désiré — Le Nid de Fauvette. Deux pièces de forme ovale, par Copia, se faisant pendants. Belles épreuves.

JANINET (J. F.)

114. Baigneuse et Amour, pl. de forme ovale. Très belle épreuve, *imp. en couleurs* (sans marges).

115. L'Oiseau privé, d'après Lagrenée. Bonne épreuve.

116. Tête de jeune Fille, d'apr. Suvé. Belle épreuve, *imp. à l'imitation du pastel.*

117. Vestiges d'un Temple de la Grèce, d'apr. Pannini. Belle épreuve, *imp. en couleurs* (sans marges).

118. Restes du Palais du pape Jules II, d'apr. H. Robert. Belle épreuve, *imp. en couleurs* (sans marges).

119. Villa Madama, d'apr. H. Robert. Épreuve *imp. en couleurs* (manque de conservation).

120. Environs de Gênes, d'apr. Hovel. Très belle épreuve.

JANINET (F.) — SERGENT (A.)

121. Serment de la Fédération, au Champ-de-Mars, 14 juillet 1790. Deux pièces d'apr. Meunier et Bourgeot, *imp. en couleurs* (la 1re remmargée sur les côtés).

JAZET (J. P. M.)

122. L'Air — L'Eau. Deux pièces d'apr. Martinet. Belles épreuves, *coloriées*.

JONES (d'après J. E.)

123. *Horses watering — Horses going to a fair.* Deux pièces par Himely, se faisant pendants. Belles épreuves, *coloriées* (cassures).

LAVREINCE (d'après N.)

124. L'Accident imprévu — La Sentinelle en défaut. Deux pièces se faisant pendants (1 et 58). Epreuves sans marges, épidermures (sous verre).

125. La Comparaison, par Janinet (E. B. 12). Très belle épreuve, *imp. en couleurs* (petite restauration).

126. La même estampe. Très belle épreuve, *imp. en couleurs*, légèrement rognée sur les 4 côtés et remmargée.

N° 138 du Catalogue.

LE GRAND (P. F.)

127. L'Attention — La Dissipation. Deux pièces, d'après Le Roy, se faisant pendants. Très belles épreuves, *imp. en couleurs.*

LE PRINCE (d'après J. B.)

128. Dame Russe, par L. M. Bonnet. Très belle épreuve, *tirée en 3 tons.*

129. Le Marchand de lunettes, par Helman. Belle épreuve, *avant la lettre* (doublée).

MALLET (d'après)

130. Les Amours à la Maison — Les Anges à l'Eglise. Deux pièces par Prot, se faisant pendants. Belles épreuves.

MALLET ET GARNERAY (d'après)

131. La Toilette de la Mariée — Le Lendemain de Noces. Deux pièces par L. Garneray, se faisant pendants. Belles épreuves, *coloriées.*

MARIAGE (L. F.)

132. Naissance de Bacchus — Bacchus et Ariane. Deux pièces, d'apr. Bon Boullongne et Bertin, se faisant pendants. Belles épreuves, *imp. en couleurs* (quelques épidermures dans la marge de la 1re pl.)

MARTINET (à Paris, chez)

133. Café des Aveugles. Belle épreuve, *coloriée.*

MAUCHER (d'apr. Joseph)

134. Les Sens, par G. Heuss. Suite de 5 pl., coloriées (2 sont encadrées).

MÉCOU (J.)

135. Psyché et l'Amour, d'apr. De Boisfremont. Belle épreuve, *imp. en couleurs.*

MIXELLE (J. M.)

136. La Mort de Robin. Belle épreuve (petite cassure).

MOITTE (d'après)

137. Le Monarque bienfaisant, d'après Méon. Belle épreuve.

MORLAND (d'après G.)

138. *Sun Set, a view in Leicester shire*, par J. Ward, 1793. Très belle épreuve, *imp. en couleurs.*

139. *Slave Trade*, par J. R. Smith. Belle épreuve, *imp. en couleurs* (petites restaurations).

140. *The Fair Penitent*, par Bartolotti. Belle épreuve, *imp. en couleurs.*

141. *The Horse feeder*, par J. R. Smith, 1797. Belle épreuve, *imp. en couleurs* (doublée).

142. *The Mail-Coach*, par S. W. Reynolds. Belle épreuve, *imp. en couleurs* et *rehaussée.*

143. *Coursing*, 1792. Belle épreuve, *coloriée.*

144. *Prepanning a recruit — Recruit deserted.* Deux pièces, par Aug. Legrand, 1798, se faisant pendants. Belles épreuves, *imp. en couleurs.*

145. *The Fruits of early Industry et Oeconomy — The Effects of Extravagance et Idleness.* Deux pièces, par Darcis, se faisant pendants.

146. *Dressing for the Masquerade — The Fair Penitent.* Deux pièces, par Bartolotti, se faisant pendants. Belles épreuves, *coloriées.*

147. *Guinea Pigs — Dancing Dogs*. Deux pièces, se faisant pendants, par J. P. Levilly (manquent un peu de conservation).

148. Le Printemps — L'Eté — L'Automne. Trois pièces, publiées par Bance.

149. Le Goûter champêtre, par D. Weiss — Le Fermier en colère, par Bartolotti — Sujets de chasse, d'apr. Cattan. Quatre pièces. Belles épreuves.

MOUCHET (d'après)

150. La Ruse d'amour — Le Larcin d'amour. Deux pièces, par Darcis et Prot, se faisant pendants. Belles épreuves, la seconde *avant la lettre*.

NAPOLÉON Ier (Estampes relatives à)

151. Bonaparte en habit bleu, par Alix. Belle épreuve, *imp. en couleurs* (rognée à l'ovale).

152. Bonaparte, par Morret. Epreuve *imp. en couleurs* (rognée à l'ovale et doublée).

153. Buonaparte, par Tassaert, d'apr. Hennequin, an 6. Belle épreuve (petites cassures).

154. Bonaparte, en pied. In-fol. Epreuve *coloriée*, sans marges. Encadrée.

155. Bonaparte, par Lingée et Godefroy, d'apr. Isabey — Napoléon Bonaparte, par Levachez, d'apr. C. Vernet. Deux pièces (manquent de conservation).

156. *A Bonaparte, Pacificateur*, par C. E. Gaucher. Très belle épreuve.

157. Mont St Bernard, Passage de l'Armée française, 2 pl., par Moreau, *imp. en couleurs, rehaussées* et *gouachées* (manque de conservation).

158. *Ceremonia religiosa del Matrimonio de S. M. Napoleone...*, par C. Lasinio, 1811, d'apr. S. Soldiani. Belle épreuve.

159. *Flight of Buonaparte from the Filld of Waterloo*, par Rouse, d'apr. Cruikshank, 1816 — *Coronation of Napoléon*..., par R. Hicks — Retour de l'Ile d'Elbe... — *Astre brillant*... — *Bonaparte's Carriage*. Cinq pièces, *coloriées*.

PARIS (**Est. relatives à**)

160. Monuments de Paris, 14 petites pl. de forme ronde, *imp. en couleurs*, par Janinet (plusieurs manquent de conservation).

161. Pont Louis XVI — Invalides — Sorbonne, 2 vues — Intérieur de St Philippe du Roule — Intérieur du Val-de-Grâce. Six pl. in-4 (3 *imp. en couleurs*).

162. *The Gates of Paris*... — *Englishman at Paris*, 1767, par Bretherton. Deux pièces humoristiques, la 1re *coloriée*. Belles épreuves.

163. *View of the Pont-Neuf at Paris*, pl. humoristique, d'apr. H. Bunbury, 1771. Très belle épreuve, *coloriée*.

164. Vue du déceintrement du Pont de Neuilly, par Prevost et De Longueil, d'apr. E. de St-Far. Belle épreuve (sans marge sur 3 côtés).

165. *Vue de la Ville de Paris, prise de la Lanterne Napoléon, dans le jardin de St-Cloud*, par Klein, d'apr. Runk. Très belle épreuve, *coloriée*.

166. Vue de Paris, prise du côté de Chaillot, par C. L. Zechender. Belle épreuve, *coloriée*.

167. Paris, vue prise de la Glacière, par Himely. Epreuve *imp. en couleurs* et *rehaussée*.

168. Vue du Palais Royal, des Galeries et du Jardin, par les Varin — *Vue G[ale] du Palais-Royal*, par Salathé, d'apr. Champin — Vue du Palais-Royal, par Gavard et V. Adam. Trois pièces. Belles épreuves.

169. Vue de la Cour du Louvre pendant l'Exposition de l'Industrie, an IX, par Baltard (trous de vers) — Exposition au Salon du Louvre, en 1787, par Martini (légères restaurations). Deux pièces.

170. Monuments de Paris, 7 pl. par Née, Auvray, Fessard, d'apr. J. B. P. Moitte — Palais du Gouvernement (Les Tuileries, par Sparrow). Huit pièces.

171. *Entrée solennelle de la P^sse Caroline de Naples, D^sse de Berri, par la B^re du Trône, 16 juin 1810* (chez la Vve Chéreau) — Rotonde Colbert, par Levelly — La Salpétrière, par Duparc. Trois pièces. Belles épreuves (une coloriée).

PARIZEAU (Ph. L.)

172. *Quoi! C'est là le Roi!...* par Parizeau, épr. sans marges, *coloriée.*

PEETERS (d'après W.)

173. *Merry Wives of Windsor*, par I. P. Simon, 1793. Très belle épreuve.

174. Joachim Murat, Colonel général des Guides, par Coqueret, d'après C. Vernet — *His Royal Highness, the Prince Regent of Great Britain — Mr Elliston as sir John Falstaff*, par W. Gear. Trois pièces, *coloriées* (la 1re rognée).

RAMBERG (J. H.)

175. Les Oranges. Très belle épreuve, *coloriée.*

RAMBERG (d'après J. H.)

176. Le Retour du Soldat. In-fol. à la manière noire. Epreuve sans marges, *coloriée.*

REGNAULT (N. F.)

177. *Dors, Dors... — Ah, s'il s'éveillait!* Deux pièces se faisant pendants. Belles épreuves (encadrées).

178. Matin — Soir. Deux pièces se faisant pendants. Belles épreuves.

RÉVOLUTION (Est. relatives à la)

179. *La Grande émigration du roi des marmottes.* Très belle épreuve, *coloriée.*

180. Le Dauphin enlevé à sa Mère, par Schiavonetti. d'apr. Pellegrini — Cecilia Renaud arrêtée — Arrestation de Loiserolles, 2 pl. par Aliprandi, d'apr. Fragonard. Ensemble trois pièces.

181. *Le Diable après avoir couvé...* — Le Déménagement du Clergé — Vive la Liberté — *Il y passera* — *Ah! ça ira...* — Réveil du Tiers-Etat. Six pièces. Belles épreuves, *coloriées.*

182. Ah! le bon décret et pendant, 2 pl. *av^t l. l.* tirées sur le même cuivre — *The Reft in Danger or the Republican...* Deux pièces. Belles épreuves, la 2e *coloriée.*

183. Les Adieux de Louis XVI et de Marie-Antoinette, 2 pl. *coloriées* se faisant pendants — Louis XVI, pl. *imp. en couleurs* (rognée) — Marat, par la C^nne Montaland, d'apr. Desrais. — Le Maximum ou les avantages du Gouvernement Républicain. 5 belles pièces. Belles épreuves.

REYNOLDS (d'après Sir Joshua)

184. Portraits de Femmes. Deux pièces par J. Faber et E. Fisher (manquent de conservation).

RIDÉ

185. Madeleine pleurant ses péchés, d'apr. Ch. Le Brun. Epreuve *imp. en couleurs* (doublée).

RIGAUD (d'après J.)

186. Vues de Versailles, Marly et St Cyr. Dix pièces. *coloriées* (doublées).

ROWLANDSON (Th.)

187. *Exhibition at bullock's Museum of Bonepartes Carriage taken at Waterloo,* 1816. Très belle épreuve, *coloriée.*

RUOTTE (L. C.)

188. Eugène Napoléon, Vice-Roi d'Italie, d'apr. Chinard. Très belle épreuve, *imp. en couleurs.*

SAINT-AUBIN (Aug. de)

189. Au moins soyez discret — Comptez sur mes sermens. Deux pièces se faisant pendants. Belles épreuves, de tirage postérieur (sans marges).

SAYER ET BENNETT (chez)

190. *One of the Tribe of Levi — A Scene in a Convent — Father Paul disturbed...* Trois pièces, *coloriées.*

SCHALL (d'après F.)

191. Les Amants trahis par leurs ombres, par Wogls. Belle épreuve à toutes marges.

192. L'Exemple dangereux — La Grotte de l'Hyménée. Deux pièces, par Aug. Le Grand, se faisant pendants. Belles et rares épreuves, *avant la lettre.*

193. Le Panier renversé, par Ruotte. Belle épreuve.

SCHENAU (d'après J. E.)

194. Le Miroir cassé, par Chevillet. Très belle épreuve.

SCHIAVONETTI (d'après D. L.)

195. Les Sens, par Ruotte, 4 pl. (sur 5). Belles épreuves, *imp. en couleurs* et *rehaussées.*

SHERWIN (J. K.)

196. *The Deserted Village* — *The Happy Village.* Deux pièces, se faisant pendants, 1787. Belles épreuves (restaurations).

197. Les mêmes pièces, par Chaponnier, une *imp. en couleurs.*

SICARDI (d'après)

198. *Oh, che fortuna !*, par Bouquet — *Chiama col canto i cuori*, par Mécou. Deux pièces. Belles épreuves, la seconde *imp. en couleurs.*

SINGLETON (d'après H.)

199. *Scarcity in India*, par Bartolotti. Très belle épreuve, *imp. en couleurs.*

200. Le Tondeur de moutons, par Ruotte. Très belle épreuve, *imp. en couleurs.*

SMITH (J.)

201. Salisbury (C^sse^ de), d'après G. Kneller. Belle épreuve.

202. Bacchus et Ariadne — Vulcain et Cérès. Deux pièces, d'apr. Titien, se faisant pendants. Très belles épreuves.

SPILSBURY (d'après Miss)

203. L'Enfant volé découvert — L'Enfant perdu... rendu à sa Famille. Deux pièces, par M. Place, se faisant pendants. Très belles épreuves.

TARDIEU (P. A.)

204. Marie-Antoinette, en vestale, d'apr. F. Dumont. Très belle épreuve, *avant la lettre.*

TOWNLEY (Ch.)

205. *Priscilla Tomboy*, d'apr. F. G. Byron, 1794. Très belle épreuve.

TURNER (Ch.)

206. *In Side of a Scholl*, d'apr. Miss Metz, épreuve *imp. en couleurs* (manque de conservation).

VANGORP (d'après)

207. Reviendra-t-il le Volage, par Honoré. Epreuve *coloriée*.

VERNET (d'après C.)

208. Les Gastronomes sans Argent, par Commarieux. Très belle épreuve, *coloriée*.

VIDAL (Géraud)

209. La Cuisinière Françoise — (Le Cuisinier François ?). Deux pièces, se faisant pendants, d'apr. Colibert, *imp. en couleurs*, la 1re en belle épreuve (la 2e rognée).

VINKELES (Reinier)

210. *Salle de Physique dans l'édifice de la Société Félix Meritis, à Amsterdam*, d'apr. Barbiers. Belle épreuve.

WARD (d'après)

211. Le Retour du Marché ? Bonne épreuve, *coloriée* (sans marges).

WATTEAU (d'apr. Ant.)

212. Le Colin-Maillard, par E. Brion Belle épreuve.

WELLS (John)

213. Départ de la Milice Bourgeoise pour Versailles, le 5 oct. 1789 — Entrée du Roi à Paris, le 6 oct. 1789. Deux pièces gr. in-fol., se faisant pendants. Très belles épreuves, *coloriées* (sans marges).

WHEATLEY (d'après F.)

214. Le Soir. Le Retour de la Foire, par Yeather. Epreuve *coloriée* (restaurée).

215. Le Colporteur, par W. Dickinson, 1810. Belle épreuve.

WILLE Fils (d'après P. A.)

216. Le Bouton de rose — La Curieuse. Deux pièces, par Voyez l'aîné, se faisant pendants. Très belles épreuves.

217. L'Essai du Corset — La Dédicace du Poëme épique. Deux pièces, par A. F. Dennel, se faisant pendants. Très belles et rares épreuves, *avant toute lettre, signées.*

218. L'Essai du Corset, par Dennel. Epreuve sans marges sur 3 côtés et doublée.

219. Le Repas des Moissonneurs, par F. Janinet. Epreuve fatiguée, *imp. en couleurs* (doublée).

WOLFF (F. J.).

220. Sujets gracieux. Deux pièces de forme ovale, d'apr. Huet et Wolff aîné, la 1re *imp. en 2 tons*, la 2e *imp. en couleurs.*

IMPRIMERIE FRAZIER-SOYE
153-157, RUE MONTMARTRE
PARIS

www.ingramcontent.com/pod-product-compliance
Ingram Content Group UK Ltd.
Pitfield, Milton Keynes, MK11 3LW, UK
UKHW021030260726
13994UKWH00005B/2059

9 782329 448350